En Souvenir des bons moments passés à la bibliothèque de Douai.

Cathy D.

*À Pierre pour la confiance,*
*Alain pour la présence.*
*À Cathy pour les couleurs,*
*À Théa & Martin pour le bonheur.*

*Roxane Marie G.*

« Le murmure des Dieux » de Roxane Marie Galliez & Cathy Delanssay
ISBN : 978-2-35067-020-1



Loi n°49.956 du 16 juillet 1949 sur les publications destinées à la jeunesse.
Dépôt légal : Octobre 2007
Imprimé par Proost en Belgique

# LE MURMURE DES DIEUX

Textes : Roxane Marie Galliez

Illustrations : Cathy Delanssay

Balivernes Éditions

# PRIÈRE AUX MUSES

Elles sont neuf.

Neuf SŒURS, filles de la puissance et de la mémoire :
Zeus et Mnémosyne.

Chanteuses divines, elles président la pensée,
réjouissent les cœurs et rétablissent la paix.

Leurs temples aujourd'hui encore sont les MUSÉES.

Calliope inspire les poètes. Sans elle, l'Odyssée n'aurait pas existé.

Clio aime l'Histoire
et le devoir de mémoire,

Quant à Polhymnie, les pantomimes la prient.

Euterpe et sa flûte protègent les musiciens
que Terpsichore fait danser.

Erato aime la lyrique chorale,
et Melpomène la Tragédie,
puisqu'au théâtre Thalie se réserve la Comédie.

Enfin Uranie, amoureuse des étoiles, chante pour l'Astronomie.

Elles sont neuf, neuf divinités.
Elles chantent, dansent et inspirent ceux qui les suivent.

Demandons-leur, pour cet ouvrage, de nous épauler.

# WAAGAL

## LE TEMPS DU RÊVE ABORIGÈNE

Avant l'homme, il y eut le monde.

Avant le monde, il y eut le rêve.
Le rêve de l'Univers endormi...

Tout est doux,
tout est sombre,
tout est fou,
tout est CHAOS,
puis le silence...

Alors, sans bruit, le rêve se dessine et la terre prend forme.

La mémoire des Hommes tente d'imaginer
ce que la science essaie de raconter.

Moi, je vous le dis, c'était le temps du rêve, loin, tout près, en Australie.

Le serpent WAAGAL est sorti du néant en ondulant.
Son corps souple s'est agrandi,
il a tracé les sillons,
les montagnes,
il a creusé les lacs et les fleuves,
il a parcouru l'univers.
Waagal, Waagal, lisse le sillon en silence et s'enfonce et revient.

Ecoutez, c'est le début du monde.

Regardez !

Les divinités apparaissent et s'amusent à modeler notre terre...

# PAN'KU

## LE MONDE CHINOIS

Quand la Lumière rencontra les Ténèbres,
quand le chaud pénétra le froid et que l'humide envahit la sécheresse,
alors un œuf magistral flotta dans l'air et attendit.

Attendit.
Attendit.

Puis l'œuf se fêla.

À l'intérieur, tout blotti, tout caché, un petit homme rapidement grandissait.
Il s'appelait PAN'KU.

De ses bras dressés il souleva le haut de sa coquille et l'éleva dans les airs.
De ses pieds il retint le bas de la coque et en forma un sol.

Mais tout cela était mou, bien trop mou, et tout cela était près, bien trop près.
Alors, le petit homme qui devenait un géant sépara encore et encore le ciel du sol
et patiemment attendit que le ciel durcisse et que le sol soit bien solide pour s'y prélasser.

Le monde enfin fut créé et Pan'ku accepta de se reposer.
Il s'allongea entre le ciel et la terre et de son souffle il engendra les NUAGES.

Ses yeux brillants étaient différents mais tout aussi lumineux :
le gauche devint la Lune, le droit le Soleil.

Lorsque Pan'ku ferme l'un, il ne reste que le JOUR et quand Pan'ku ferme l'autre, la NUIT vient,
car Pan'ku est facétieux : il aime cligner des deux yeux !

Ses longues moustaches comme ses cheveux forment les étoiles aux longues traînes
et les courbes de son corps sont les collines, les montagnes et les prairies de notre monde.

Car Pan'ku est le Monde, c'est ce que racontent les Chinois,
et moi je les crois quand lorsque le tonnerre gronde,
de Pan'ku, j'entends la voix.

# NOUT
## VOÛTE CÉLESTE D'ÉGYPTE

Elle brille.

Elle brille au-dessus de son époux,
GEB le dieu Terre.

Elle brille de mille et mille étoiles,
Elle est le ciel d'Égypte qui se dévoile.

NOUT la divine, fille de Shou et de Tefnout,
Se dresse sur la pointe des pieds pour allumer la Nuit,
une fois le Soleil avalé.

Le Soleil, c'est RÊ.

Il ne faut pas s'inquiéter : elle ne l'a pas vraiment mangé...

Chaque matin, Nout rend à nouveau au monde
son fils Rê bien-aimé.

Tendre Nout, le Pharaon te regarde,
Il sait qu'un jour viendra son tour d'être avalé
Avant de revivre parmi tes étoiles

Et les divinités...

# PAH

## DÉESSE PAWNEE DE LA LUNE

Ferme les yeux et dors.
Dors petit papoose.
PAH veille sur toi.

La déesse pawnee a répandu sur le monde de la poudre de sommeil,
brillante et apaisante comme son époux Shakouroun le soleil.

Dors petit papoose. Dors.

Écoute le chant de ta tribu caresser les montagnes,
songe aux chevaux libres qui courent dans les plaines.
Ressens la puissance du bison et le murmure du loup qui lui répond.

Le souffle de Pah berce les Hommes
et les régénère.

Demain à leur réveil, ils seront plus forts,
tu seras plus vaillant car reposé.

Pah la douce indienne aux longs cils de soie
apporte les rêves et la paix.

Alors maintenant, dors petit papoose. Dors.
Pah veille sur toi.

# AMATERASU
## SOLEIL DU JAPON

La déesse japonaise du Soleil, **AMATERASU**,
est sœur du Prince de la mer et des vents, **Susanoo**.

Les divinités aussi se chamaillent et pour taquiner sa sœur,
**Susanoo** souffle sur le jardin fleuri d'**Amaterasu**.
Elle crie, tempête et râle… Mais **Susanoo** se moque et rit.

« Puisque c'est ainsi je vais m'enfermer,
puisque c'est ainsi je vais bouder et l'on ne me reverra jamais ! »

À peine dit, à peine parlé, **Amaterasu** plonge dans une grotte pour se cacher.
Susanoo, jamais à court d'idées, place devant l'entrée un énorme rocher pour l'enfermer.

Mais sans le Soleil, le monde n'est plus éclairé.
Où est **Amaterasu**, pourquoi se cache-t-elle ?
La Nuit se prolonge, la Nuit est de plus en plus sombre, cela ne peut plus durer.

Mais **Amaterasu** refuse de sortir.

« Je boude, je boude, je boude, **Susanoo** l'a bien cherché ! »

Comment faire sortir de sa cachette, une boudeuse fillette ?

**Ama no Uzume**, divinité de la gaîté, a déjà une idée.
Elle chante et danse devant le rocher face auquel un miroir est placé.
« Je chante pour la joie, je chante pour la paix,
car aujourd'hui nous avons trouvé à **Amaterasu** une remplaçante toute aussi brillante ! »

Du fond de sa grotte, **Amaterasu** n'y croit pas :

« Comment ! Déjà je suis si vite oubliée ? De moi l'on pourrait donc se passer ? »

Elle s'approche et bouge la roche. Son menton dépasse, déjà on aperçoit son nez.
**Ama no Uzume** continue de danser au milieu de la clarté qui commence à arriver.

**Amaterasu** s'avance et tombe nez à nez avec une jeune fille si brillante que cela l'épouvante.
Mais en y regardant de plus près, dans le miroir, **Amaterasu** se reconnaît.

Lorsque l'on rit, la bouderie est finie.
**Susanoo** promet de ne plus recommencer, et depuis,
**Amaterasu** embellit le Japon et le monde entier toutes les journées.

# CERNUNNOS
## DIEU CORNU CELTE

Le Cornu. Où est le Cornu, l'avez-vous vu ?

Il s'appelle Cernunnos et porte des cornes de cerf et un torque.

Où est le Cornu, l'avez-vous vu ?

Il court dans les bois,
accompagné de son serpent à tête de bélier et de l'animal dont il porte la couronne.

À son passage, les grains volent et se plantent dans le sol,
parfois aussi il répand de la monnaie.

Le Cornu. Où est le Cornu, l'avez-vous vu ?

Il est Animal, il est la Vie.
La Nature toute entière est en lui.

Le Cornu, je l'ai reconnu.

Vite, vite, ne le perdons plus !

# QAT

## LE PREMIER MATIN DU MONDE POLYNÉSIEN

Il y a de cela si longtemps
que la mémoire d'un Homme
ne peut suffire au souvenir.
Il y a de cela si longtemps,
sur une petite île au milieu
de l'Océan, onze frères.

Onze jeunes garçons écrasés par la chaleur
et la lumière du jour qui ne s'éteint jamais.
Onze frères n'arrivent pas à s'endormir.

Le cinquième dit :
– Qu'allons-nous devenir mes frères ?
Voilà des jours que nous ne dormons pas.
Je suis si fatigué, si fatigué...

QAT, le plus jeune, bondit :
– Il faut aller chercher WAWA la Nuit chez son père le Néant.
Elle seule peut nous aider.
– Wawa la Nuit ? Tu es fou, nous devrions affronter IQUONG le Néant,
même le Soleil a peur de lui !
– Nous n'irons pas !

Pensez-vous que Qat, le plus petit des onze frères, le plus malin aussi,
pensez-vous que Qat n'allait pas y aller ?

– J'irai voir le Néant et je ramènerai la Nuit. Qui parmi vous me suit ?

Aucun ne répondit.
Alors Qat partit seul.
Il monta dans sa pirogue et pagaya.
Pagaya.
Longtemps...

Si longtemps que le Soleil lui-même ne voulut pas le suivre encore.
Il faisait sombre quand une voix énorme fit trembler l'Océan :
– Que cherches-tu, étranger ?

C'était Iquong le Néant, mais Qat, sans peur,
se dressa dans sa pirogue et leva la main en signe de paix.

– Je viens en ami, Iguong, mais aussi en suppliant :
mes frères sont fatigués, la chaleur les étouffe et je crains pour leur vie.
On dit ta fille très douce, on dit aussi que sa beauté suffit à apaiser les esprits.
Je veux la prendre pour femme et l'emmener dans mon pays.
Je ne suis pas riche... Mais je te promets de l'aimer.

Qat n'était pas riche en effet, mais il était aussi beau que la Vie.
Wawa frémit.

Elle demanda à son père la permission de le suivre et de le prendre pour mari.
- Son courage, Père, l'a amené ici...

Iquong comprit que le temps était venu. Il accepta.
**Qat** était épuisé lui aussi à présent, alors Wawa lui enseigna trois choses :

- Ferme les yeux, **Qat**, et apprends le repos.
**Qat** obéit.

Wawa lui posa une caresse douce et fraîche sur les yeux et poursuivit :
- Ouvre les yeux, mon mari, tu connaîtras le réveil.
Jamais **Qat** ne s'était senti aussi bien :
il était prêt à nouveau à pagayer des heures entières...

Mais Wawa au tendre regard qui brille lui sourit
et lui apprit la troisième chose :
faire chanter la robe de la Nuit pour que naisse le jour.

**Qat** rentra avec Wawa sur son île.
Il enseigna à ses frères le repos puis le réveil.
Il mena ensuite sa jeune épouse
sous un cocotier, frôla sa robe...

Et ce fut le premier
matin du monde.

# THOR
## LE NORDIQUE

La Nature est en place.
Le monde est créé.
Mais attendez...

J'entends venir le fils d'Odin :

THOR,

dieu de la foudre, colère du Ciel,
et dieu de la guerre, colère de la Terre.

Sur son char tiré par ses deux boucs magiques :

Dents Grinçantes et Dents Étincelantes,

Thor resserre sa ceinture pour augmenter sa puissance.

Tremblez Mortels, tremblez,

Les dieux guerriers vont arriver !

# MARS

## Le Romain belliqueux

C'est vrai qu'il est guerrier, Mars le bien-nommé.
On dit d'un fait de guerre qu'il est martial en souvenir de cette divinité,
mais laissez-moi vous rappeler une vieille légende oubliée,
rapportée par Ovide, prince des chants sacrés.

Junon, déesse des déesses, voulait un enfant.
Un enfant à elle, conçu sans l'aide de Jupiter son amant.
Elle demanda à Flore, nymphe aimée du vent,
un moyen d'être mère comme l'était chaque jour la terre.

Flore, reine des jardins, lui offrit une fleur aux pouvoirs uniques.
Junon respira cette fleur et la posa sur l'heure sur un pli de sa tunique.
Aussitôt, la vie entra en la déesse et un enfant naquit.

Un enfant si beau que le printemps arriva avec lui.

C'est vrai qu'il est guerrier, Mars le bien-nommé,
mais n'oubliez jamais qu'après la guerre vient la paix,
le renouveau de la terre :

le printemps en Mars,

le printemps de Mars...

# MARISHI-TEN

## Protectrice des Samouraïs Japonais

Marishi, Marishi, **Marishi-ten**,
Protège-nous au combat !

Marishi, Marishi, **Marishi-ten**,
Tes samouraïs sont là !

C'est encore l'aube, **Marishi-ten**,
En nous la force s'enracine.

Descends sur le champ de bataille,
Rends-nous invisibles à l'ennemi qui assaille.

Marishi, Marishi, **Marishi-ten**,
Pointe chaque arme de tes mains.

Reine du Ciel, nous te prions : Viens !
Guide-nous,
Rends-nous maîtres de nous
Et qu'avant la fin du jour,
Tes samouraïs remportent la victoire.

# LES FAROUCHES WALKYRIES DU NORD

Elles arrivent comme des furies.
Belles et blondes : les WALKYRIES.

Armées sur tout le corps, rien ne les fait trembler, jamais !

Elles volent parmi les hommes à la bataille, les dirigent, les mènent ou les protègent.

Elles repèrent les plus forts, les plus braves des soldats.
Avant la fin du combat, beaucoup seront morts,
mais les Walkyries veillent encore.

Elles emmènent les âmes des plus puissants défunts au Walhalla,
le grand palais d'Odin.

Là, ces héros morts l'arme à la main
s'entraînent encore tout le jour depuis l'aurore,
pour être prêts à la bataille du jour dernier.

Car les dieux y croient : le Ragnarök viendra,
la dernière lutte de la fin du monde,
Dieux guerriers contre Géants,

pour décider
qui gouvernera
dorénavant.

# HUITZILOPOCHTLI
## L'AZTÈQUE

*Ferme les yeux si tu as peur,*
*N'écoute pas si tu le crains,*
*Ne me crois pas si c'est ton choix,*

*Car HUITZILOPOCHTLI, le terrible dieu colibri, est le plus sanguinaire des dieux de la guerre.*

*Sa mère est la grande COATLICUE, déesse des fleurs et de la terre.*
*Elle reçut un jour une boule de plumes sur le cœur,*
*Quand Huitzilopochtli commença sa vie.*

*Il est né couvert d'une armure bleue, la tête couronnée de plumes,*
*et dès son premier cri tua ses frères et sœurs autour de lui,*
*pour protéger sa mère de leurs sombres misères.*

*Ouvre les yeux si tu veux voir,*
*Écoute-moi pour connaître la fin de l'histoire*
*Et crois cela... ou ne le crois pas.*

*Huitzilopochtli fut aussi un guide et un secours pour les Aztèques qui le priaient.*

*Un matin, le dieu leur dit :*

*« Partez, quittez ces terres stériles et desséchées.*
*Une nouvelle ville vous attend.*
*Vous devez la trouver ! »*

*Le peuple inquiet s'interrogeait,*
*mais pouvait-il vraiment défier le fils de Coatlicue ?*

*« Comment reconnaîtrons-nous cette terre que tu nous promets,*
*sans un indice,*
*un signe que tu dis vrai ? »*

*Un aigle majestueux se posa près de la divinité.*

*Huitzilopochtli lui murmura des mots et les Aztèques virent s'envoler l'oiseau.*

*« Lui maintenant connaît le lieu où vous pourrez vous reposer.*
*Retrouvez-le !*
*Il se tiendra sur un cactus géant à dévorer un serpent. »*

*Alors le peuple aztèque partit.*
*Et il marcha.*

*Durant des jours,*
*durant des nuits.*

*Il marcha presque jusqu'à l'oubli,*
*mais le peuple ouvrait les yeux pour découvrir le prodige.*
*Le peuple avait écouté parler la divinité et il la croyait.*
*Alors il marchait.*
*Il marchait.*
*Il marchait.*

*Dans une ville que l'on appelle aujourd'hui Mexico,*
*Le peuple aztèque enfin trouva repos.*

*L'aigle les attendait.*

*Perché sur un cactus, il entama son déjeuner.*

*Huitzilopochtli avait dit vrai...*

*Alors une nouvelle cité fut créée :*
*TENOCHTITLAN,*
*rempart contre l'éternité.*

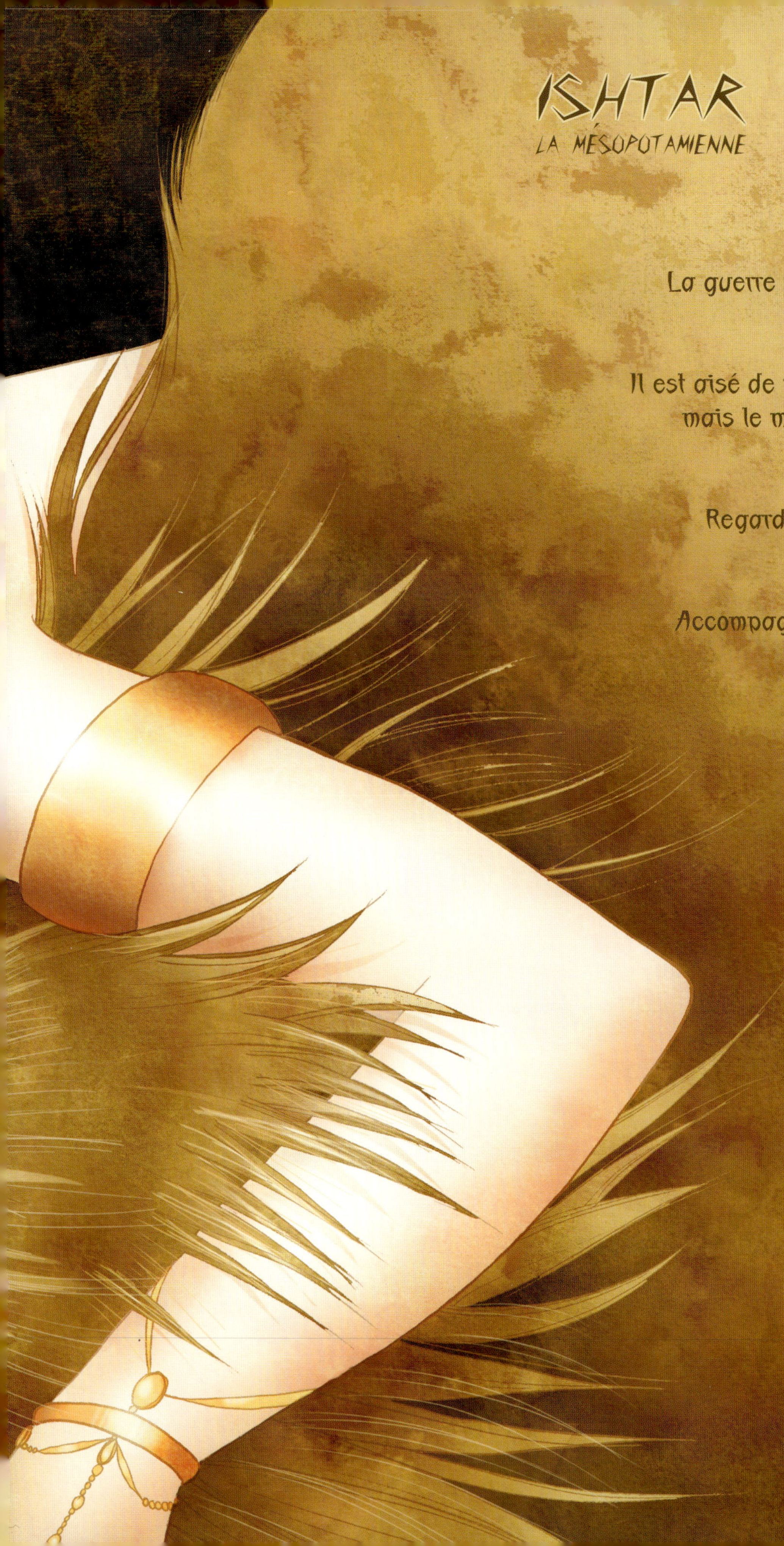

# ISHTAR

## LA MÉSOPOTAMIENNE

La guerre n'est pas seulement férocité.

Il est aisé de reconnaître les traits d'un guerrier,
mais le mal a parfois un visage secret...

Regarde ISHTAR, superbe de sensualité.

Accompagnée de son lion, elle incarne le danger,
mais lorsqu'elle pose les armes,
elle est amour et tendres baisers.

Ishtar, Ishtar,
apaise le cœur des soldats.

Ishtar, Ishtar,
les légendes tissées d'amoureux,
raconte-les moi.

Je veux maintenant sentir
la douceur de l'émoi...

# Parvati et Shiva

## Âmes sœurs de l'Inde

La Montagne un jour accoucha,
non d'une souris,
mais de Parvati, fille de l'Himalaya.

Comme elle est douce Parvati,
comme elle est tendre,
et comme elle aime Shiva son mari.

Mais elle soupire,
elle soupire à chaque instant
et personne ne la comprend.

Alors elle se retire, Parvati, elle part dans la montagne pour méditer,
elle rejoint la maison de sa mère pour oublier.

Elle reste seule, personne ne la voit, mais un soir, un brahmane s'approche de son toit.

« Pourquoi es-tu si sombre, Parvati ?
Tout le jour tu soupires et tu fuis le monde.
Quel est donc le désir qui te ronge ? »

Parvati releva ses cheveux dans un geste délicieux et répondit :

« Mon seul désir est mon mari, mon seul désir c'est Shiva, rien que lui.
Il est mon époux, mon avenir.
Je suis partie parce qu'il ne me regardait pas,
je suis partie en espérant ses bras mais tu vois, brahmane,
il ne m'aime pas tant que cela puisqu'il ne m'a pas suivie, il n'est pas là. »

Ai-je réellement besoin de vous dire ce qui arriva cette nuit-là ?
Le brahmane se découvrit et révéla un nouvel homme sous ses habits :
il n'était autre que Shiva le bel amour de Parvati.

« Pardon Parvati, si tu penses que je t'ai négligée.
Quand tu es partie, j'en ai perdu le sens de la vie.
Reviens avec moi et ne me quitte plus jamais,
à deux, nous serons plus fort que le monde entier. »

Parvati enlaça Shiva et la montagne scella alors pour eux un amour plus solide que l'Himalaya.
Priez pour être tous un jour aussi liés que ces deux-là.

# ISIS

## L'AMOUREUSE PROTECTRICE D'ÉGYPTE

Connais-tu l'Égypte et ses hautes pyramides ?
Connais-tu le Nil, Thèbes et Memphis ?
Et parmi toutes les divinités, connais-tu Isis ?

C'est une magicienne capable de se métamorphoser.
Son mari, Osiris, était le roi d'Égypte mais son frère Seth, jaloux, préparait son crime.
Pour prendre le pouvoir et perdre Osiris, Seth l'enferma dans un coffre et le jeta dans le Nil.

Isis le cherche, Isis court.

« Où est Osiris ? Où est l'époux d'Isis ? »

Avant qu'elle ne le retrouve,
Seth découpe le roi en morceaux
qu'il disperse en triomphant de joie.

Mais Isis ne s'avoue pas vaincue.
Elle cherche, cherche et trouve les morceaux
et reforme son mari, son Doux, son Beau.

Dis-moi, Isis, comment as-tu réussi ?
C'était si difficile, tu aurais pu abandonner, te décourager.
T'es-tu servie de ta magie ?

Isis plisse le nez et sourit :

« Un peu de magie, peut-être, et une force aussi,
une force puissante qu'Osiris m'a placée dans le cœur
dès notre premier baiser. »

# VENUS

## LA BELLE DIVINITE ROMAINE

Regardez-la, née de l'écume, regardez-la, Belle Divine.
Fermez les yeux un instant et laissez-vous bercer par le ressac et le vent.

Vénus porte à ses cheveux des coquillages pour parures, ses pieds délicats glissent sur l'onde pure
et ses cheveux si longs couvrent son corps nu que les alizés osent à peine caresser.

Regardez-la, née de l'écume, elle porte l'amour dans ses yeux, le printemps dans son rire chaleureux.

Les sirènes et les tritons arrêtent de jouer pour la laisser passer,
et POSEIDON lui-même oublie un instant la mer et ses baisers.

Belle Vénus, Amour et Beauté, est-ce ton sourire, les plis de ton cou ?
Belle Vénus, est-ce ta cambrure ou tes gestes si doux ?
Aucune déesse n'est plus belle que toi et Pâris ne s'y trompera pas.

Quand le joli berger devra choisir une divinité,
c'est à toi qu'il remettra la pomme dédicacée :

« À la plus belle »

C'est pour toi Vénus,
pour toi si Belle
née de l'écume ce jour-là.

# XOCHIQUETZAL ET XOCHIPILI

## LES AZTÈQUES

Où vas-tu, belle Xochiquetzal, Plume de Fleurs, suivie de tes oiseaux et de tes papillons ?

Je vais rejoindre Tlaloc mon amoureux qui règne sur la Pluie.
J'emmène dans ma ronde des chansons d'amour et de vents,
j'emmène dans ma danse les promesses d'un jour et les rires des enfants.

Xochiquetzal, ton frère Xochipili te suit !

Qu'il apporte avec lui des bouquets de fougères et des ritournelles en poème,
de l'amour par brassées, des milliers de baisers.
Je veux rire et danser, chanter et aimer.
Je veux dans ma ronde tous ceux qui savent aimer.

Xochiquetzal, peut-on venir avec toi ?

Oui, venez et suivez-moi !
Sortez vos flûtes, vos flûtiaux, vos tambourins et donnons-nous la main.
Formons tous une ronde et recouvrons-nous d'un masque :
prenons l'air nature, animal, fleur, papillon, belle allure.

Suivez-moi !

Je suis XOCHIQUETZAL, déesse des fleurs, de l'amour et des arts.
Sous mes pas, des pétales, je suis XOCHIQUETZAL, XOCHIQUETZAL.

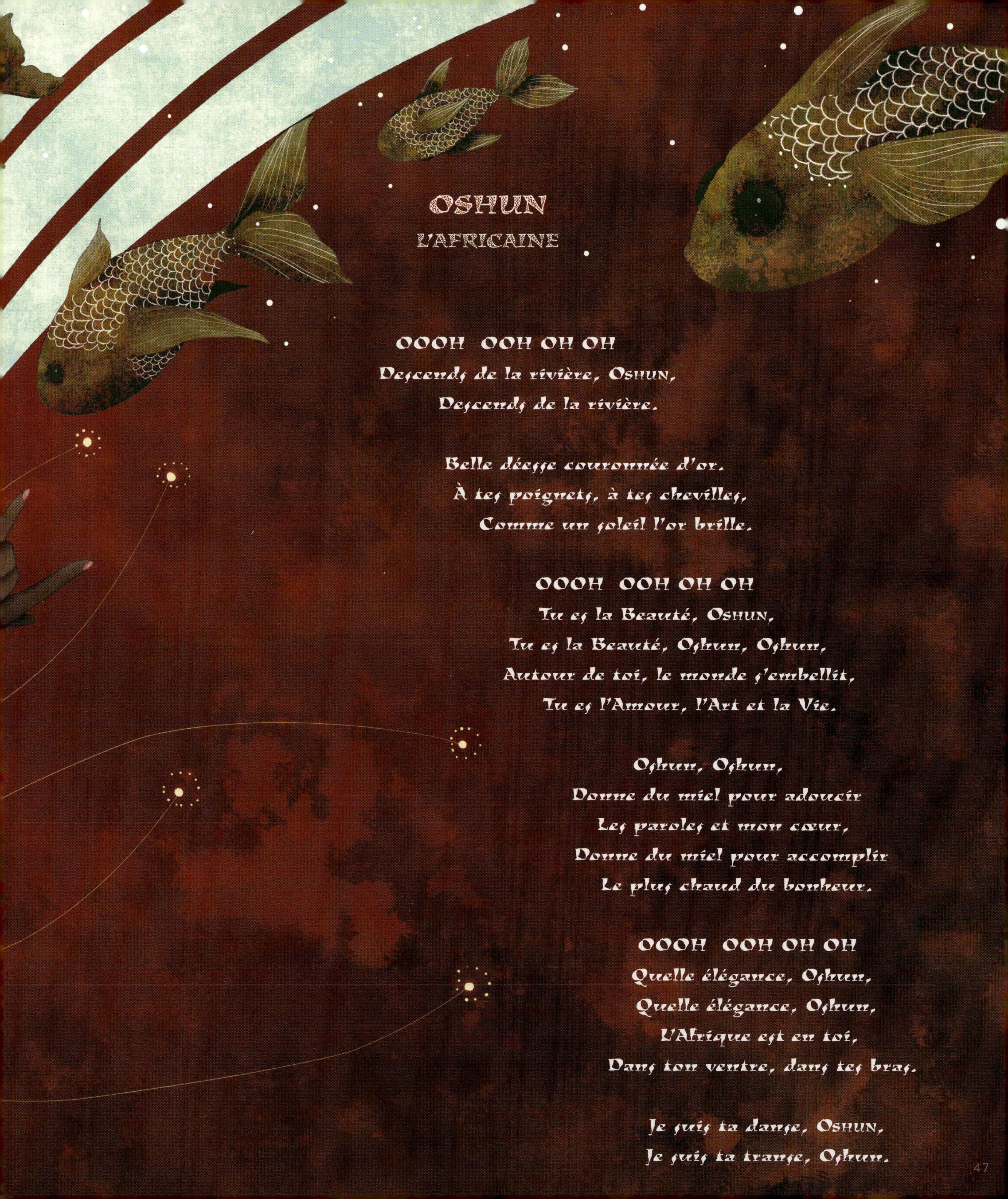

# OSHUN
## L'AFRICAINE

OOOH OOH OH OH
Descends de la rivière, OSHUN,
Descends de la rivière.

Belle déesse couronnée d'or.
À tes poignets, à tes chevilles,
Comme un soleil l'or brille.

OOOH OOH OH OH
Tu es la Beauté, OSHUN,
Tu es la Beauté, Oshun, Oshun,
Autour de toi, le monde s'embellit,
Tu es l'Amour, l'Art et la Vie.

Oshun, Oshun,
Donne du miel pour adoucir
Les paroles et mon cœur,
Donne du miel pour accomplir
Le plus chaud du bonheur.

OOOH OOH OH OH
Quelle élégance, Oshun,
Quelle élégance, Oshun,
L'Afrique est en toi,
Dans ton ventre, dans tes bras.

Je suis ta danse, OSHUN,
Je suis ta transe, Oshun.

# BANSIDH

## L'AMOUR PASSION IRLANDAIS

Cette histoire-là vient de l'Irlande, elle est parfumée du souffle des trèfles, elle concerne le mystère des elfes, de ceux que l'on ne voit pas. Vous connaissez les fées et les magies, mais vous a-t-on déjà parlé des **Bansidhs** ? Peu d'hommes peuvent se vanter d'en avoir rencontré.

Femme, sorcière, messagère ou guérisseuse, la Bansidh est une divinité dont il faut se méfier. Bran, fils de Febal pourrait en témoigner.

Il était à la noce avec ses compagnons : chants, danses, rires et ripailles... Il percevait un son au milieu de la joie, quelque chose de faible et pourtant si pur, une mélopée, un frisson d'éternité.

Bran se lève et cherche ce qui caresse son oreille.
Est-ce le Vent ? Dis, est-ce le vent, Bran, que tu entends ?
Le chant vient de l'Océan.

Alors Bran s'en va et ses hommes le suivent car il est de ces rois qui découvrent le monde et ne s'en satisfont pas. Bran s'en va et son bateau chargé de guerriers se laisse guider par une voix que seul Bran perçoit. Oui, seul Bran entend cette voix :

« Viens vers moi, Bran d'Erin, et l'île des Pommiers tu trouveras.
Viens vers moi, je suis l'immortalité, je suis ton destin. Viens ! »

Bran sait qu'il doit continuer et suivre son chemin.

Quand la voix s'arrête, le bateau aussi...

Les hommes furètent, guettent, mais on ne voit rien.
Soudain, un fil lourd et pourtant si frêle, se dépose aux pieds de Bran.
Il se penche et regarde autour de lui.
Personne ne bouge. Il le prend.
Alors le bateau avance, tiré par le fil long et mince, presque invisible.

Le brouillard se dissipe enfin et les marins, dans un cri de joie, saluent les beautés multiples. Des femmes sont là, belles comme l'infini. Elles tendent les bras et tous les hommes les suivent.

Mais Bran, lui, reste là, tenant son fil à la main et lorsqu'il lève les yeux, il aperçoit la plus magnifique reine des Bansidhs tenant l'autre extrémité et qui lui sourit.

Combien de temps êtes-vous restés, Bran, t'en souviens-tu ?
Combien de temps es-tu resté ?

Un jour, six mois, des centaines d'années ?
Le temps s'était arrêté, nourri d'amour et de baisers, mais au milieu de ces terres, l'Irlande ne se laissait pas oublier.
Les compagnons songeaient à ceux qu'ils avaient laissés, loin, avant le voyage, avant le chant. Il y avait si longtemps.

— « Ne te retourne pas, Bran, ne te retourne jamais.
Si tu quittes cette île, tu ne la retrouveras pas.
Et ton pays, les gens que tu aimais sont déjà morts,
depuis des siècles déjà. »

Cette voix, seul Bran l'entendait, mais ce qu'elle disait, il le refusait.

Les hommes ont quitté les Bansidhs. Tous sont partis. Bran et tous ses compagnons aussi.
Le chant s'était éteint depuis longtemps, mais la route pour rentrer profondément en eux était ancrée.

Voici l'Irlande, voici les terres.
Le paysage n'a pas changé, pourtant, pourtant ces gens, ces vêtements, qui donc les connaît ?

Le bateau accoste sur la bonne terre mais face à des étrangers.
Nechtan, le plus valeureux guerrier, saute à terre, mais à peine a-t-il touché le sol, déjà, en cendres il se transforme.
Réduit en poussière, réduit en misère.

Les siècles passés se sont bien écoulés.

La terre est désormais interdite aux condamnés.
Que vas-tu faire, Bran, que vas-tu décider ?

Bran fit gonfler la voile et s'éloigna des côtes.
Il erre depuis ce jour avec ses compagnons.

On raconte qu'il reste à la proue de son navire en espérant le chant,
le chant de sa Bansidh qu'il a tant aimée.
Elle seule peut les sauver, mais saura-t-elle lui pardonner de l'avoir un jour quittée ?

# HÉLÈNE DE TROIE

Hélène, Hélène, réveille-toi, les guerriers sont en bas.
Hélène, Hélène, réveille-toi, les guerriers sont sur Troie.

Tu ne te doutais pas, Hélène, Hélène, de ce qui t'arriverait,
Ni quel serait le prix de tant de beauté.

Tu subis le sort réservé aux héros, héroïnes du monde entier.
Tu subis le destin exceptionnel des enfants de mortelles dont le père est une divinité.

Hélène, Hélène, ta vie n'est pas facile,
Mais les poètes pour les siècles à venir parleront encore de toi.

Ils loueront ta beauté, ils chanteront que Pâris de Troie t'a enlevée
et que pour te récupérer, ton mari Ménélas leva une armée.

Hélène, Hélène, écoute-moi, tu n'es pas la seule, il y en a eu d'autres avant toi.
Hélène, Hélène, écoute-moi, je vais te raconter l'histoire de ces personnages-là...

# GILGAMESH
## HÉROS DE MÉSOPOTAMIE

Ce que j'aime dans cette histoire, c'est l'amitié.
Celle de GILGAMESH, fils d'un roi et d'une déesse,
et d'ENKIDU, un monstre que le respect de son ami rendit plus humain.

On ne parlait que d'eux : Enkidu et Gilgamesh, capables à eux deux d'anéantir Huwawa le cracheur de feu,
comme le taureau céleste envoyé par les dieux.
Mais Enkidu brava ISHTAR enivré par ses victoires.

Vous le savez : les divinités ne supportent pas d'être méprisées.
Ishtar déclara la maladie et Enkidu mourut après douze jours d'agonie.

Ce que j'aime dans cette histoire, je vous l'ai dit, c'est l'amitié,
et à la mort de son ami, Gilgamesh ne put s'arrêter de pleurer.
Il avait peur de mourir lui aussi, peur de partir, de quitter la vie.
Il se souvint d'UTNAPISHTIN qui survécut au déluge lointain.
Ainsi commencèrent les aventures de Gilgamesh pour percer le secret de l'immortalité.

Il charma les hommes scorpions, gardiens de la porte du soleil, et la nymphe Siduri.
Il traversa les eaux de la mort et rencontra enfin Utnapishtin.

« Le secret de l'immortalité est une plante. La plante de la Vie »
Et c'est au fond des océans que Gilgamesh la trouva.

En chemin il se demanda :

« Vais-je la garder pour moi ?
Que ferais-je de l'immortalité si je dois voir tous mes amis me quitter,
comme Enkidu, mon complice bien-aimé ? »

Gilgamesh décida donc de ramener sa plante sur terre pour la partager avec tous ses sujets.

Il est sale, Gilgamesh, il est fatigué. Il décide de se baigner dans une rivière pour se délasser.
La tête tournée, il ne vit pas s'approcher le serpent, le gourmand qui avala la plante sacrée.
Gilgamesh venait de perdre l'immortalité.

Elle paraît triste cette histoire, elle ne l'est pas, croyez-moi.
Je vais vous révéler le vrai secret que m'a confié Sénèque il y a quelques années :

« La vie est une pièce de théâtre, ce qui compte, ce n'est pas sa durée,
mais qu'elle soit bien jouée. »

# ARTHUR

## LE ROI CELTE

Fils d'Uter Pendragon, roi de Bretagne, et d'Ygerne, mariée au duc de Cornouailles,
Arthur était différent.
Différents des autres enfants
et l'enchanteur Merlin le sut à l'instant.

Il n'avait pas quinze ans, Arthur, quand il ôta du rocher l'épée Excalibur.
Une épée magique,
une épée mythique,
afin de pourfendre les dragons,
les envahisseurs et les Géants.

Alors il devint roi Arthur.
Roi de Bretagne, évidemment.

Mais au plus sombre de la Nuit, veillaient toujours ses ennemis.

Guenièvre, son épouse infidèle, rejoignit Lancelot, preux chevalier du Lac,
et Modred son neveu profita de son absence pour prendre sa place.

Alors il décida de partir, Arthur, de partir de la surface,
loin des trahisons et des menaces.

Les fées l'emportèrent sur Avalon, l'île cachée,
l'île sous les eaux bleutées.

Il y vit depuis,

je l'espère,
je le crois encore.

Je l'attends.

# MAUI
## LE LÉGENDAIRE POLYNÉSIEN

Sur une plage de sable blanc, UAHEA met au monde son enfant.
Mais le bébé est si petit, si infime, si fragile, que Uahea décide de le confier à la Mer pour le fortifier.

Elle l'enroule dans ses cheveux magiques,
ceux qui poussent au sommet de son crâne, et le dépose sur les vagues.

Roule, roule, l'eau et le sable,
Roule, roule, la Mer accueille le nouveau-né.

Des petits poissons accompagnent le bébé et lui donnent la becquée
Quand TA'AROA, le grand dieu du Ciel, le repêche et le fait sécher à la chaleur de son foyer.

Devenu grand, l'enfant revient voir sa maman.
Elle le reconnaît et lui donne le nom de MAUI-TI'I-TI'I-A-UAHEA,
Maui de la mèche sacrée de Uahea.

Il me faudrait plus d'une vie pour vous raconter les exploits de MAUI...
Il se transforma en oiseau, il attrapa le Soleil pour ralentir sa course et laisser aux Hommes le temps de profiter du jour.

Il pêcha un poisson du fond de l'Océan, un poisson si grand et si géant qu'il devint une île :
Aotea, la Nouvelle-Zélande.

Et puis Maui voulut vaincre la Nuit, et la Mort aussi.

Il désirait que tous les Hommes soient immortels, que tous les Hommes deviennent des Dieux...
Il était un peu rêveur, Maui. Il avait des rêves plus grands que lui. Et il avait raison.

Les Hommes ne sont pas devenus immortels ce jour-là,
mais ils rêvent encore, ils rêvent comme Maui et cela,
c'est un privilège que tous les dieux n'ont pas.

# SEMIRAMIS DE BABYLONE

Certains l'ont oublié, mais au fond des lacs, des rivières et des mers,
vivent des créatures étranges, légendaires.
En Syrie autrefois on le savait, et dans la cité d'Ascalon,
les habitants vénéraient une divinité bien particulière.

Son visage ressemble à celui d'une femme, douce et affable, mais son corps était celui d'un poisson :
Dercéto était son nom.

Dercéto vivait cachée du monde et des hommes et son mystère la rendait plus attirante encore.
Tous les hommes rêvaient de posséder la belle divine qui ne se montrait jamais.

Aphrodite l'apprit et se fâcha de ne pas être préférée.

– Dès que ce poisson à tête de femme montrera le bout de son nez,
je lui insufflerai une passion brûlante pour le premier homme qu'elle viendra à croiser.

Ainsi fut dit. Ainsi fut fait.
Dercéto sortit la tête de l'eau, Aphrodite souffla et le charme opéra.

Un jeune homme s'approche du lac, c'est Caystre, le fils d'Achille et de l'amazone Penthésilée.
Dercéto le voit, Dercéto soupire, Dercéto ne peut plus s'en passer.

Les amoureux se baignent dans l'eau du lac léger.
Ils s'enlacent, ils s'embrassent et une petite fille naît.

C'est alors qu'Aphrodite réapparaît, rompant le charme entre les deux aimés.

Dercéto s'aperçoit qu'elle aime un humain et qu'elle ne marchera jamais.
Désespérée, elle s'enfonce au fond du lac. On ne la revit jamais.

Les colombes aperçoivent le drame et la petite fille abandonnée.
Vite, elles volettent autour du bébé pour le réchauffer.
Chaque matin, l'une ou l'autre vole chez un berger un peu de lait, du fromage pour nourrir la fillette affamée.

Mais le berger remarque le manège des oiseaux dans sa cuisine et suit les colombes à petits pas.
Derrière un bosquet, il trouve le bébé caché.

Il l'emporte avec lui, l'élève comme sa fille et lui donne un nom qui lui sied :
Sémiramis, celle qui vient des colombes...

Cherchez, lecteurs, lisez...
Si vous saviez la belle aventure de la vie de Sémiramis...

# DUBIAKU

## D'AFRIQUE

DUBIAKU, que fais-tu ?

*Je me couche avec mes frères en attendant ma nourrice.*

Dubiaku, entends-tu ?

*Oui, ce n'est pas ma nourrice mais Dame la Mort qui vient nous manger.*

Dubiaku, que vas-tu faire ?

*Je vais me cacher. Dame la Mort a emmené ses enfants avec elle, je vais m'arranger pour échanger nos places.*

Dubiaku, comme tu es malin ! Tu n'as donc peur de rien ?

*Si. Je tremble un peu, mais je n'ai pas le choix. Dame la Mort a englouti ses petits sans même le remarquer, mais maintenant elle a compris. Elle nous poursuit !*

Dubiaku, vite, vite, grimpe dans l'arbre pour lui échapper !

*Oui, mais j'attends aussi mes frères, je dois les protéger.*

Dubiaku, attention ! Tes frères sont tombés de l'arbre, Dame la Mort va les manger !

*Non. Regarde, je saute dans l'eau de vie pour les éclabousser et mes frères à nouveau sourient.*

Dubiaku, dépêche-toi ! Traverse à la nage comme tes frères ce passage étroit pour atteindre l'autre rive.

*Oh non ! Je ne sais pas nager... mais j'ai une idée.*

Dubiaku, tes frères sont hors de danger. Ils sont arrivés de l'autre côté, mais... en quoi t'es-tu déguisé ?

*Je suis un caillou. Dame la Mort est furieuse, elle lance des pierres, elle ne découvrira pas que c'est moi.*

Dubiaku, Dame la Mort a agrippé la pierre que tu es... Elle vient de te lancer !

*Ça y est !*
*Je suis de l'autre côté.*
*Avec mes frères, nous sommes sauvés.*
*Dame la Mort ne m'attrapera jamais.*

# HÉRACLÈS
## LE CHEVALIER GREC

ZEUS est un coquin, ZEUS est un malin.

Bien sûr, il est l'époux d'HÉRA, mais aujourd'hui c'est Alcmène qu'il préfère,
seulement Alcmène n'en veut pas.

« Je suis fidèle, Zeus, va-t-en !
Le seul que j'aime est Amphitryon mon mari,
je n'ai pas d'autre désir que lui. »

Zeus a bien compris mais il n'abandonne pas. C'est un dieu, il fait ce qu'il veut,
et en un claquement de pouce, il prend l'apparence d'Amphitryon en douce.

Il revient frapper à la porte d'Alcmène :

« C'est moi, je suis rentré ! »

Alcmène ouvre et le couvre de baisers.

Cette nuit-là, Zeus déguisé donne à Alcmène le plus fort, le plus puissant des bébés :
HÉRACLÈS, incroyable héros de la Grèce.

Héra apprend la tromperie de son mari.
Elle est furieuse, elle le maudit,
et dans le berceau du bébé, elle envoie deux serpents aussi fourbes qu'effrayants.
Héraclès n'est pas le plus commun des enfants, les serpents, il n'en a cure,
il les fait tournoyer comme des hochets.

Héra est honteusement vexée.

Elle descend sur terre pour foudroyer elle-même cet enfant si agaçant,
mais parmi tous les petits, elle ne reconnaît pas le fils de son mari.
Sur la route, elle aperçoit un garçonnet dodu et si charmant,
pleurant sans sa maman.
Elle veut le consoler, il a faim, elle accepte de l'allaiter;
mais en voyant le téton blanc, l'enfant, vous avez deviné qui il était,
mord si goulûment que le lait se met à gicler !

Héra le relâche furieuse et retourne dans les cieux,
répandant dans la nuit une traînée de lait,
que l'on appelle encore la Voie Lactée.

Vraiment, HÉRACLÈS est un héros illustre,
même si certains ont voulu en faire un rustre.

Il n'a jamais abandonné et toute sa vie a lutté pour éviter les pièges
d'Héra qui le détestait.

Les dieux le mirent un jour au défi et ce sont douze travaux extraordinaires qu'il accomplit.

Il se fit un chandail de la peau du lion de Némée, au cuir aussi épais qu'une muraille.
L'hydre de Lerne, il le trancha et la biche de Cérynie, il la rendit à ARTÉMIS, déesse si jolie.
Héraclès attrapa aussi le sanglier d'Érymanthe et l'offrit à Eurysthée, roi de Tyrinthe épouvanté.
Quant aux écuries d'Augias, il les nettoya en détournant un fleuve pour en évacuer le fumier et la crasse.

Le héros abattit des oiseaux, des mangeurs d'hommes volant sur le lac de Stymphale,
et captura le taureau furieux qui ravageait la Crête en tous lieux.

Le plus impressionnant est qu'il apprivoisa les juments de Diomède,
et arracha la ceinture d'Hippolyte, la reine des Amazones.

Il s'empara ensuite du troupeau de bœufs de Géryon, géant à trois têtes aussi furieux qu'un lion,
avant de tuer le dragon Ladon gardien des pommes d'or du jardin des nymphes, les belles Hespérides.

Son ultime épreuve enfin fut d'enchaîner Cerbère, terrible molosse des Enfers.

Alors qu'est devenu depuis ce géant légendaire ?

Levez les yeux, il est dans les cieux, brillant de mille feux au milieu des étoiles.
Il est immortel, il est heureux, près de ZEUS son père, son dieu.

# Prière à Ganesha l'Hindou

Ganesha, nous t'avons diverti.

Aide-nous à répandre nos arts,
Plumes et couleurs jusqu'à l'infini,
Qu'à présent dans le monde entier, nos histoires se narrent.